무궁화 꽃이 피었습니다

지혜사랑 236

무궁화 꽃이 피었습니다

박방희

지혜

시인의 말

암울하던 1980년대,
지난 세기가 되었지만

아직 상처로 남아 있거나
우리 앞의 현실이기도 하여

묵혀둔 원고를 정리해
세상에 내놓는다.

2021년
박방희

차례

1부 남대문

2부 나는 큰 者

3부 내가 보인다

4부 수몰민의 꿈

• 일러두기
　한 연이 첫 번째 행에서 시작될 때는 > 로 표시합니다.

1부

남대문

南大門

나긋나긋한 추녀로
가까이 내려온 하늘 떠받치고
아직도 조선의 숨을 쉬는 남대문
서울의 관문으로 중심을 잡고
백의민족의 얼을 지키네

울울한 서울의 빌딩들
한양의 푸른 하늘
다 가리지 못하듯
츄잉껌, 맥스웰, 웨스팅하우스
밀려오는 외래의 홍수 속에서도
조선이 조선이게 하네

가까이 가면 들리는 말씀
시절을 거슬러 오고
전해지는 숨결은 피를 덥히는데
비끼는 저녁 해에 鶴이 되어 앉았다가
밤 깊어 베갯머리로 날아와
조선의 곤한 잠을 지키는
국보1호 서울 남대문

허기

― 초승달

말간
하늘에

빈 접시
하나

하늘도 허기지는
봄날

黃砂

봄 되면 오신다
임들은 오신다
황사 붉은 진토로
넋이 되어 오신다
천군만마 거느리고
바람 타고 오신다
한강의 푸른 물 보러
황해 건너오신다
몽매에도 잊지 못할 그리운 강토
조국 산천으로 돌아오신다
하나에서 둘이 되고
전쟁까지 치른 땅
동강난 삼천리로 가쁘게 오신다
아직도 죽지 않은 혼 찾아
산 넘고 바다 건너
수만 리 길을 오신다
해마다 봄이면 산천 곳곳
자욱이 내려앉으며
일어나라! 일어나라!
일어나 떨쳐라!
두견이 피맺힌 울음으로
오신다, 오신다
넋들이 오신다

1986년 현충일

비 오는 현충일
돌을 붙들고 운다
30여년 세월 속에
깊어 온 모정
비에 젖어 번들거리는
돌을 붙들고 운다
돌에 남은 이름 호명하며
시린 창자로 호곡한다
원통하다! 원통하다!
하늘을 보며 운다
땅을 치며 운다
동작동 국립묘지
비에 젖은 현충일
죽은 이를 대표하는 이름 앞에
산 이를 대표하는 이가
향을 피우며
무연하게 젖을 때
30년 풍우 속에 마모된 주검
더욱 새파랗게 일어나
가슴을 찌른다
눈물 젖은 돌에
무겁게 가라앉은 이름

먹물처럼 번지는 겨레의 슬픔
오늘 하루 깊이 젖는다.

민방위 훈련

민방위 훈련 날
공습경보가 한두 번 울리고
세상은 깜깜해진다
이따금 호각소리 들리고
칼을 빼문 전투기가
하늘을 찢고 날아간다
대낮이 못 박히고
개미 새끼 하나 안 보인다
붕붕대던 차량들
착착거리던 시간들
끝없는 낭떠러지로
아득히 빠져드는 고요
건물도 골목도 멀찌감치 배경으로 물러서고
새마을 모자 쓴 민방위 요원들이
세상 한 귀퉁이를 깨우며 수신호 중이다
평소에 못 보던 얼굴들이 무대에 섰다
복덕방 김씨
평양집 정씨 아저씨
기름집 둘째아들도
전혀 낯선 사람이 되어 서 있다
하얘진 하늘
못 박힌 대낮

죽은 세상을 들고
동사무소 오 씨가 쫓아온다
모든 것이 괄호 속에 묶이고
태양을 못 박은 사람들
우리 죽어 읍한 사이
지금 지구는 궤도를 벗어나
우주 밖 무한으로 흘러가지 않을까
호흡이 가빠온다
모든 것의 정지 속에
내가 보인다
허둥지둥 숨어드는
내가 보인다
바퀴벌레 같이
어두운 곳으로 잦아지는
캄캄한 내가 보인다

야간 민방공 훈련

저녁 식사를 마치고
TV를 보며
둘러앉은 한 가족
저마다의 하루를 마치고
장사를 셈하는 아버지
오물세 얘기를 하는 어머니
직장에서의 하루를 푸는 언니
고단한 하루를
접고 식히며
벽에 걸어 놓고
한울타리 한 가족으로서
등 기대어 토닥이며
오늘 하루도 끝났음
마감해갈 때
느닷없는 틈입자
확성된 목소리
전기에 실린 목소리
불 꺼!
불 꺼!
불 꺼잇!
사이렌 울리고
호각소리 찢어지고

발소리 어지러운데
어둠 속에서 완장 찬 사내
하얀 이 드러내고
외마디 조준하여, 탕!
401호 불 꺼!

풀썩 의식이 꺼지고
별들도 아스라이 멀어지고
고층 빌딩의 숲도 지워진다
우리 모두 죽어야 해
TV도 끄고
숨도 끄고
우리 가족
오손도손 정념도 끄고
우리나라 희망의 불빛도 끄고
우리 모두 떨어야 해
언제 날아올지 모르는
가상 적기 앞에
언제 쳐들어올지 모르는
가상의 적에 부들부들 떨어야 해
우리 지금부터 죽어야 해

감나무

캄캄한
땅속
뿌리의 盲目이
하늘에
환한
전등을
켜놓는다

이민

1

"이사 오는 짐인가, 가는 짐인가?"

"503호로 오는 거랍니다."

"503호는 어디로 가고?"

"503호는 이민 갔답니다."

"언제?"

"벌써요! 그동안 비어 있었대요."

가슴이 뻥 뚫린다

머리가 훤히 빈다

맑은 하늘 너머로 KAL기가 날아가며

손을 흔든다

안면 있는 얼굴들이 구름 속에 둥둥 떠 있다가 사라진다

무궁화 꽃이 피었습니다

무궁화 꽃이 피었습니다

꼭꼭 숨어라, 머리카락 보일라

남은 내가 무궁화 꽃으로 피었다

2

"어떻게 갔어?"

"무슨 케이스가 있었대요."

"왜 간다는 말도 없이 갔어?"

"……."

"……."
간다는 인사도 없이
잘 있으라는 말도 한 마디 없이
그러나 내 동포여, 잘 살아라, 잘 살아라
잘 가든 못 가든 가기는 가서…….

구멍 뚫린 503호엔
누구 낯선 사람이 와서
낮에는 빨래를 널고
밤에는 불을 밝혀
우리나라 대한민국
무궁화 꽃으로 피어 있다

수배자

그는 이미 체포되었다
한 개의 수갑
한 발의 오랏줄도 없이
굴비두름으로 엮이어
구분된 동그라미
칸 쳐진 네모 안에
죽은 자의 얼굴로 갇혀
이 나라 어디엘 가도
붙잡혀 있고
핀 하나로 꽂히거나
더러 풀질되어
바람벽에 도배되었다

용수를 쓰고
그는 채집된 것이다
그 종의 표본으로
도감에 얹히거나
새 변종으로 전시되기 위해
가슴과 배와 국부에 침을 꽂고
썩는 것도 거부된 채
페스트처럼 번지는 불온사상에서
선량한 다수의 민중을 보호하기 위하여

또는 위하하기 위하여

가벼운 종이 한 장에 갇혀
내리지도 벗어나지도 못하고
적의에 찬 활자로 매도되어
그의 자유
그의 사상
그의 애국은
재판도 없이 단죄되고
벽이란 벽
기둥이란 기둥
신문과 전단과 텔레비전 면면마다
구분된 동그라미로 효수되고
칸 쳐진 네모로 처형된 채
산 자 가운데서 죽은 자 되고
죽은 자 가운데서 산 자 되었네

밤 불빛

밤 되면 드러난다
사람 사는 목숨 자리
X레이에 드러나는 환부처럼
주점에서 상점에서
숨넘어가는 딸꾹질로
살려주오, 살려주오
아파트 칸 쳐진 방에서도
늘어지는 가로등
오가는 차량들의 불빛도
살려주오, 살려주오
숨 막히는 깜박임으로
살려주오, 살려주오
어둠을 밀어내며
애절한 눈빛으로
우리 여기도 있다
지워지지 않으려고
꺼지지 않으려고
안타까이 몸부림하며
희미한 목소리로 존재를 드러낸다
저 명멸하는 불빛들의 번들거림
부서지는 현란함의 지리멸렬함
어둠의 무게에 짓눌려

어둠을 사루지 못하고
흐느적거리며 닳아 뭉개지며
무너져 내리는 살들 추스르며
한 번 더 살아 있다 신음하며
아득한 어둠, 그 끝없는 나락으로
떨어져 사라지는 저 밤의 불빛
존재의 목숨 자리
살려주오, 살려주오

공간 극복

네모난 공간 안에
아무도 못 들게 하고
불빛도 가두고
구들장의 온기도 막고
말소리도 가두고
끼리끼리 모여앉아
삼천리금수강산 꽃이 피었네
튼튼히 벽 쌓아 이중창 치고
가시 철망 내다보며
아우성치는 바깥도
서슬 푸른 바람도
거두어들일 일 없이
귀 꽁꽁 막아 되가게 하고
살붙이 피붙이만 독야청청 하는구나
더운 가슴 닫아 놓고
심장은 차가이 얼린 채
밝고 맑고 곱게 어우러지려는가
불빛도 가두고
가슴엔 꼭꼭 빗장 걸어
마음을 가두고
자기를 가두고 남을 가두어
마침내 이웃을 처형한 그대여

돌이 된 그대여
스스로 감옥이 된 그대여
이 밤늦도록 불 켜
그걸 지키기 위해 잠 못 이루는가
꼭꼭 빗장 걸고 울을 높이는 그대여

밤기차

밤 0시 전후
서울에서 부산까지
오늘과 내일의 경계를
속이 환한 벌레가 가고 있다

오장육부 비치는 뱃속
고물거리는 사람들
밥알로 넣어 놓고
밤기차가 가고 있다
쉭, 쉭, 대한민국호가 가고 있다

웃자

하하하, 호호호
앞뒤에서 깨물리는 웃음소리
살아 있어 힘 있구나
허허허, 후후후
좌우에서 터지는 웃음
막힘없어 부시구나
와와와, 워워워
둘레에서 번지는 웃음 따라
새 웃음 절로 나네
이 웃음판 키우면
폭포보다 힘세고
이 에너지 모으면
이념보다 힘세겠다
그래, 웃자! 웃자! 웃자!
맞아, 웃자! 웃자! 웃자!
삼팔선 생각하며, 하하하 호호호
민주주의 생각하며, 후후후 히히히
어우러지는 웃음으로
하나 되는 바람으로
하하하, 후후후, 이히히, 흐흐흐
폭포 같은 노여움으로
분수 같은 함성으로

삼팔선 겹겹 줄줄이 서서
웃자! 웃자! 웃자!
햇빛 같은 푸름으로 웃자, 웃자
이쪽저쪽 허겁들 날려버리고
알맹이만 남아 웃자, 웃자
철조망도 지뢰밭도 날려버리고
분단도 불신도 날려버리고
우리끼리 만나서 웃자, 웃자, 웃자!
알맹이들만 남아서 웃자, 웃자, 웃자!

除斥

제척이란 배제하여 물리친다는 법률용어이다.

무능하다는 사유로
세상에서 제척된 이들을

하나하나
호명해보는 저녁…….

바람이 되어

우리 눕자
바람이 되어 눕자
작은 숨 모아 큰 숨 되고
작은 바람 모여 큰 바람으로 이느니
작은 몸 뉘어 큰 몸으로 눕자
작은 뜻 모여 큰 뜻 되고
작은 물이 모여 큰 물 지듯
우리 모두 한 뜻 한 바람으로
큰 바람 되어 눕자
큰 바람은 스스로 길을 내며 가는 법
큰 바람은 큰 몸을 누이며
작은 곁바람들도 한 줄기로 모으며
움직이지 않는 것들까지 움직여
더 큰 바람으로 몸을 뉘어
마침내 전부가 바람으로 부는 것을
우리도 바람으로 누워 길을 내며 가자
민주로 가는 길, 통일로 가는 길
하나가 되는 길, 주인이 되는 길
우리 모두 바람이 되어
큰 길을 내며 가자

2부

나는 큰 者

나는 큰 者

비가 내리고
빗물에 패여
앙상한 가슴 비치는 들길을 간다
비에 키가 자라고
힘줄이 돋은 돌들이
발밑에서 소리를 지른다
밟지 마라고
아프다고
돌멩이의 몸도 부서지고 멍이 든다고
내려오라고
그러나 나는 발을 떼지 않는다
나는 큰 자이므로

풀잎들이 머리를 쳐든다
싱싱한 바람 일으키며
요란히 징을 치고
면도날로 비를 자른다
내 무거운 발이 놓이자
더욱 아우성이다
괘념치 않는다
나는 큰 자이다

>
돌멩이들이 이빨을 부딪치고
풀들이 칼을 간다
바람이 나를 펄럭인다
빗방울이 요란하지만
튼튼한 우산 아래 나는 끄덕도 없다
큰 자이므로

그러나 나는 발을 거두어
또 다른 작은 자들 위로 나아간다
나의 존립과는 상관없기에
비껴가기도 한다
나는 큰 자이므로 관대하다
작은 관대로 더욱 온후하고
위선은 한결 아늑해져
제왕의 권위는 더욱 빛난다

조건반사

정육점을 앞을 지나면
죄짓지 않은 내 생살이
푸들푸들 떨리고
살 밖으로 뚝뚝 듣는 피
저미는 고통에
조건반사처럼 숨은 가쁘고
저건 사람의 넓적다리가 아니고
소의 다리
저건 사람 갈비 아닌 소갈비
사람 뼈 아닌 소의 뼈
거듭 거듭 되새기며
고개 주억이나
나는 나를 믿지 못한다
곧이곧대로 듣지 않는다
사람 살코기일 수도 있다며
뼈일 수도 있고, 갈비짝일 수도 있다며
아니라, 아니라 머리 흔들며
고개 돌려 외면하지만
느닷없이 마주치는 번들거리는 도륙
냉동된 살코기의 응전에
나의 길은 오늘도 핏빛이다

전투경찰과 나무

나무처럼
우뚝, 우뚝 섰으나
나무가 아니다

도로변
건물 입구
그늘이 그리운 요소요소
모퉁이 모퉁이

푸른 제복 입고
나무처럼 서 있으나
나무 그늘이 아니다
푸름도 아니다
겁 많은 시민에겐 서슬 푸름
오히려 서슬 푸름이다

오뉴월
최루가스 배는 길
염천 한여름에
명령을 먹고
푸른 나무처럼
우뚝, 우뚝 섰으나

>
잎새도 없이
그늘도 없이
바람도 없이
매미 소리 대신
삐삐, 무전기 소리 내지만
나무가 아니다
바람이 아니다
그늘이 아니다

아무도 거기 가 쉴 수 없다
누구도 그 아래서 땀 말리지 못한다
목 축이지 못한다
그들은 경찰
전투하는 경찰
그들은 경찰
전투하는 경찰.

꽃

봄,

세상의
부스럼들이

터지고
있네!

소각

지상에는 모든
태우고 싶은 것들이 많다
흔적도 없이 지워
하늘 바람 속으로 날려 버리고
남은 재 땅 속 깊이 꽁꽁 묻어
일어났던 일들
지상에 존재했던 것들
아무것도 없었던 것처럼
그 부스러기마저 태워 말살하고
소문마저 지워
독야청청 푸르고 싶은 것들의 천지다
그런 힘이
그런 희망이 거대한 음모로 돋아
누가 연기를 태운다
뿌릴 재도 안 남도록
안 보이는 너머에서
외마디 비명도 없도록
연막을 치며
그러나 드러난다
한 줄기 하얀 눈물로
목 안에 갇힌 말
뱉지 못하고

낮은 공지 위로
몸 뉘어 포복하며
이 땅의 구석구석
안타까이 핥다가
흩어지며 짓는 형상
아쉽게 남기며
비로소 죽어 담을 넘는
한 줄기 비명으로
높게 높게 오른다

요즈음의 빗소리

비안개 속에 구시렁구시렁
유언비어를 퍼뜨리며 비가 내린다
회색 지도를 그리며
카드라 방송의 주파수는
짧고도 섬세하다
다정다감하고 뿌리가 있다
비에 젖은 풀잎에서
바람에 떠는 나뭇잎에서
곰지락거리며 음모가 돋고
소문이 자란다
우리나라 방방곡곡에 자라나는 비
비늘 번뜩이며 비는 내린다
최루가스 자욱하고
돌멩이 나르는 세상에
꽃은 지고 어둠뿐인데
비의 눈
비의 입
비의 귀
빗속에서
어둠 속에서
비의 눈이 열리고
비의 귀가 트이고

비의 입이 커진다
어둠 속에선 소리만이 전달된다
비의 입이 열 개 스무 개 천 개로 불어나고
빗소리만큼 비의 입은 뚫리어
빗속에 보이는 비의 입, 비의 속삭임
땅에 넘치고
하늘에 붙고
우주에 떠다니는 입입입…….
빗소리를 들으려고
일어서는 귀귀귀…….

오늘의 눈

도끼눈을 뜨고
도끼눈이 내린다
비수의 싸늘함으로
날선 눈이 내린다
공중에서 드리운 총구처럼
까만 눈을 뜬 눈이 내린다
사월에 진 꽃 이파리
오월에 쏟아지던 우박
작년에 지워낸 아이들 살점으로
펑펑 눈이 내린다
이 땅에 눈이 내린다
2천 년대 복음처럼
멋진 신세계로 가는
달콤하게 포장된 눈이 내린다.
모든 것 다 덮기 위해
기만의 눈이 내린다.
가면의 눈이 내린다.
깃발처럼 펄럭이며
최면의 눈이 내린다.

녹는 눈

눈발은 공수부대처럼
하늘에서 내려와
세상을 점령하고
땅 위의 온갖 색깔 다 죽이며
무지개도 치우고
단색 하나로 세상을 눕히나
눈은 녹는다.

하나의 사상으로 세상을 통일하고
거짓 사고를 품게 하며
거짓 평화를 낳게 하나
눈은 녹는다.

앞서거나 뒤서거니 등 떠다밀며
우리들 몽롱한 잠과 함께
작은 진실, 깨어 있는 양심 앞에
오래가지 못한다.

빨주노초파남보
미쁘고도 고운 색 다 죽여
백색의 세상을 펼쳤어도
순백의 가면을 뚫고

파랗게 살아나는 진실
신음을 떨치고 일어서는 핏빛 망울들에
이기지 못한다. 손들고 만다.

우리들의 여린 입김
사무치는 분노
절절한 목숨에
눈은 녹고 만다.
곳곳에 젖은 흔적만 남기고
사라지고 만다.

여름

휴가도 휴가 간 골목
햇빛도 텅 비었다
소리도 텅 비었다
하늘도 땅도 텅 비었다
텅 빈 마을에 당도한 저 낡은 목청

맴맴맴
녹슨 울음소리…….

대표

6·25 서른여섯 돌을 맞은 TV 화면엔
제주 모슬포 벌판이 비쳐지고
일찍이 그 자리에 세워졌다는 제2훈련소,
정문 참의 돌기둥만 겨우 남아 나오고
허물어진 자리
조련한 신병들 다 전장으로 가고
조교들 구령도 육지로 떠나가고
아득한 세월만 좀먹은 그 자리
어제의 풀들이 오늘의 풀을 밟고 섰다
감격스런 표정으로
나라비 선 스물일곱 개의 맞춤모자
운 좋게 살아남은 흘러간 인물들이
죽은 자를 대표하여
소학교 생도같이 나와
감격을 팡팡 찍어대었다. 유령들같이
누군가 안 보이는 손의 지시대로
이리저리 움직이며
제 몸 하나 간수하여
살아남은 일 죄스러워
죽은 자 앞에
스물일곱 개의 입도 할 말이 없어
오직 이구동성, 한 마디만 말한다

국민들 바짝 정신 차려야 한다고
올해야말로 가장 중요한 해라고
이번엔 정말 먹힐지도 모른다고!

태풍, 베라를 기다리며

그대 오는구나
이제야 오는구나
온다온다 하더니만
하루 더디 오는구나
그대 오는구나
올 것이 오는구나
봄부터 온다더니
여름 끝에 오는구나
한반도 전역에 몰아치는
태풍 고리의 상륙
필리핀을 떠나 북상한 바람
그대 오는구나
뿌리 없는 것
무게 없이 가벼운 것
떠 있어 부유하는 것
싹 쓸어 날려 버리고
한때뿐인 것
바르지 못한 것
거꾸로 서 있는 것
숨 막히는 것
서늘히 치워 버리고
허깨비들

죽정이들
키 크고 싱거운 것들
다 쓸어버리고
진정으로 힘 있는 것
남아야 할 알맹이
이 땅의 주인들
키 낮은 것들의 세상을 위해
뿌리 깊은 것들의 세상을 위해
태풍, 베라가 오는구나

밤, 영주역

선풍기는 아직 지난여름의
바람을 펄럭이면서 멈추어 서 있다
벌써 전에 대합실의 TV는 꺼진 채
안면을 거둬 간 지 한참이다
장의자 밑으로 푸푸 굴러가던 수증기도 멎고
문 쪽으로 오는 냉기의 살기가 눈에 보인다
실내의 사물은 더 한층 딱딱하고 근엄해졌다
모든 죽어 있는 것이 살아 있는 것을 이긴다
밤 2시, 이 모든 것들을 실어갈 열차를 기다리며
강릉행 완행은 아직도 오지 않는다
뜨거운 커피를 배고 있는 자판기가
오직 살아 있는 것으로 눈뜨고 있다
또 하나, 불 들어온 위스키 광고 판 안에서
벌거벗은 여자가 요염한 자세로 내려와 술을 따른다
자러 가세요 자러 가세요 자러 가세요
꿈결처럼 유녀들이 떠다니고
그 말들이 또 떠다닌다
밤, 영주역 1시에서 3시 사이
강릉행 완행은 늦도록 오지 않고
목 잘린 바람들이 선풍기 속에서 쏟아진다
우리 시대를 잠재우러 꽃들도 자러 가는데
이 모두를 실어 갈 열차는
끝내 오지 않고…….

조선의 흙

쇠붙이는 녹슨다
조선의 흙이 다 슬어 먹는다
기미 독립만세 피 먹고
東學의 피 먹은
향긋한 조선의 흙이 다 잡아먹는다
엠원, 아카보 소총도 슬어 먹고
미그기, 팬텀기에 미사일, 탱크
휴전선 155마일 녹슨 철조망까지
漢族, 胡族, 蠻族, 倭, 洋夷
반도에 발 디딘 침략자들
피라는 피 다 먹어치운
조선의 흙이 다 잡아먹고
아름다운 들꽃으로 피워 올린다
미쁘고도 고운
조선 꽃으로 피워 올린다

統一로 가는 걸음

먼 길 가자면
오른발 한 번 왼발 한 번
그렇게 가야 한다
가는 걸음 더디면
팔이라도 흔들면서
오른발 한 번 왼발 한 번
그렇게 가야 한다
가다가 심심하면
노래라도 부르면서
왼발 한 번 오른발 한 번
그렇게 가야 한다
앞서간 자취 보면
눈 덮인 길이나
사막을 건넌 발자국
달로 간 자국이나
물위를 걸어간 성인의 걸음도
오른발 한 번 왼발 한 번
그렇게 가고 있다
내일로 가는 모든 걸음은
그렇게 가고 있다

진달래꽃 앞에서

진달래꽃 피어
理念도 없이 활짝 피어
온 세상에 화안하다
한라에서 백두까지
활짝 피는 기쁨 여기 있어라
이데올로기도 휴전선도 없이
그냥 피는 것의 아름다움
마구 피어나는 것의 성취
마냥 피어나는 것의 통일 여기 있다
봄 천지 피어나는 꽃처럼
온 나라에 환한 진달래꽃처럼
우리도 피어나야 하느니
남녘 북녘 구별 없이 피어나 환해야 하느니
활짝 피는 기쁨이여
활짝 피는 統一 여기 있고
활짝 피는 平和 여기 있고
활짝 피는 來日 여기 있으니
아, 우리 모두 활짝 피어
삼천리금수강산 어우러지며
이 땅의 어둔 넋들 환하게 하고
활짝 피는 나라
활짝 피는 歷史 만들어가야 하느니!

3부

내가 보인다

내가 보인다 1

내가 보인다
빌딩의 숲속에서
아무리 찾아봐도 안 보이던
내가 보인다
내가 보인다
사람들 속에서
눈 닦고 보아도 안 보이던
내가 보인다
조그마한 내가 보인다
번쩍번쩍 빛나는 것들 틈에서
허한 내가 보인다
마른 내가 보인다
허깨비 같은 내가 보인다
번쩍번쩍 빛나는 윈도우 유리 속에
실종된 내가 보인다
어깨 구부정히 걸어가는 내가 보인다
비칠, 비칠
허우적, 허우적
이 세상 바깥으로 나아가는
내가 보인다

내가 보인다 2

내가 보인다
가는 거미줄
이슬방울 속에
내가 갇힌다
거미줄에 걸려
허우적대는 내가 보인다
빠져 나오지 못하는 내가 보인다
내가 보인다
대리석 바닥에
거꾸로 걸어가는 내가 보인다
일당 3만원의 아주머니가 닦아낸
이태리 수입 대리석 차가운 깊이
가라앉은 내가 보인다
내가 보인다
노을지는 하수
온갖 더러운 생활폐수 위에
동전처럼 빠져 있는
내가 보인다
어두운 내가 보인다
해맑은 내가 보인다

작아지고 싶은 날

마침내 세상에 지고
한 뼘 다리 뻗을 자리도 없이
삶이 작아졌을 때
깜깜해졌을 때
나는 내 허우대가 너무 커
작아지고 싶었다
구곡간장 내리녹아
창자 가득 핏물이 고이는 줄 알았다
피똥 싸는 일이 말만은 아니라는 생각이 들고
내일 아침 나는 죽어나는 것이 아닐까 했다
차라리 죽고 싶었다. 나는 빌었다
내게 생명과 육신을 주신 분께
눈 뜨고 싶지 않았다
이대로 그냥 거두어 가셨으면 했다
흔적도 없이
그러나 나의 주검은 남을 것이었다
영혼이 떠나간다 해도
그건 한없이 추한 애벌레일 터였다
나는 내 몸이 거추장스러워졌다
가벼워지고 싶었다
나비처럼 스스로 옷 벗고
훨훨 날아가고 싶었다

작아지고 싶었다
정말 나는 작아지고 싶어
안달했다
살구 씨만 하게 오그라져 눈에 띄지도 않고
구석진 곳에 버려져 가는 소리를 내며 울고 싶었다
작아지다가 작아지다가
마침내 몸은 안 보이고
소리만 남아 들리는
아, 그런 울음이고 싶었다

오는 비 가는 비

세상을 지우며 오는 비

세상을 내놓으며 가는 비

阿里山에서

몇 사람의 서양인이 모였다
아리산이라는 중국 음식점
대한민국 대구직할시 중구 동성로
우리들은 모여 짜장면과 우동과 짬뽕을 먹고
눈 파란 그들은 기이하게도…… 방석만 한 대접에다
한 그릇씩 통일하여 탕수육을 먹고 있었다
우리들은 목소리도 갈라지고
우짜 우짜 우짜짬으로 먹는 것도 갈라졌다
기름 둥둥 뜨는 탕수육 그릇은 하 넓어
전 따라 노들강변이 펼쳐지고
그들의 목소리도 기름져
강변의 버들가지처럼 휘휘 늘어지는데
무심 세월 한허리 칭칭 동여 맨 사이로
조선의 배고픈 사공이 노 저어 가고 있었다
왜 우리들 목구멍을 넘어가는 면발은 꾸륵꾸륵
울대 자르는 소리를 내고
저들이 먹다 남긴 대접 속에는
퉁퉁 불은 탕수육도 배가 부르다
후식 쟁반을 들고 온 지배인이
반도의 굽은 모양으로 허리 접는 사이가
한 백년쯤 스쳐간 듯한데
저들 맥주잔의 거품은 왜 그리 눈부신지

우리 보리차는 왜 이리 쓴지
천천히 피워 올리는 저들의 양담배 연기 속
아득히 떠올라 흩어지는 것은 우리들이고
마지막까지 남아 이빨을 쑤시는 것은 저들이구나

하마비 下馬碑

4월 첫 토요일 오후 시간이 좀 남아 중구 포정동 중앙공
원에 들렀다

100원 주화 두 개 구멍으로 넣고 초록 탑 앉은 표 받아 무
시무시한 경상감영 문 들어서는데 수문장이 손 벌려 그 탑
내려놓고 내 몸이 든다

입구 왼편에 오래된 비가 하나 서서 풍우에 닳고 닳은 입
으로 방을 왼다
'節度使以下皆下馬碑'
이제 막 발설된 어법으로 오석에 깊이 새긴 글자가 서슬
푸르다

절도사이하개하마비
절도 사이 하개 하마비
절도사 이하 개 하마비

'절도사 이하 모두 말에서 내리시오'
겨우 머리가 깨치자 귀가 얼른 그걸 바꾸어 듣는다
"말 탄 사람은 걸어 들고, 걸어온 사람은 가마 타고 드시
오!"

>
그러자 머리가 끄덕했고
가슴이 부풀어 오르며
푸하하! 마음이 하늘로 크게 웃었다

잠

태풍이 오고
비둘기도 돌아왔다

밤새도록 어둠 속에서
비바람 몰아치고

안 넘어지려고
안 넘어지려고
창틀에 꼿꼿한 비둘기 발간 발톱

방안에서
고운 꿈꾸고자 기도하며

밤새
비둘기 부러진 발목을 베고
우리는 잠들었구나!

이사

누가 또 오고 누가 떠나는가
짐바리들,
가난한 어깨에 싣고
줄줄이 엮은 아이들은 재잘대며
새 새끼처럼 햇빛을 씹는다
노란 부리에 가시지 않는 어둠
파란 하늘처럼
닦고 닦아도 말갛게 살아나는 궁기
손바닥 펴 가려도
가려지지 않는 하늘
푸른 물가에 데려다만 놓고
목마르게 한 삶
누가 또 오고 누가 또 가는가
꽃 피는 가난 속에
가난의 역사 세우기 위해
이 궁기어린 마을에
가난을 더 보태기 위해
허리 다친 아버지
손가락 잘린 형
아직은 성한 누이의
무엇을 먹고 끝나려는가
아직은 버릴 수 없는 내일

묻어 버리기 이른 꿈

그래도 울지 않고 지금

더께 앉은 짐바리를 부리는 사람들

올망졸망 짐 속에

절망도 보이고 희망도 보여

목숨의 끈질김

사는 일의 아름다움이

저리도 눈물겨워

햇빛 속에 반짝이는 것은

눈물이라도 희망이다

살아라

죽지 말고 살아라

가난을 먹고

가난을 입으며

가난과 더불어라도

살아남아라

언젠가 끝날

이 산동네의 가난에서

엑서더스 할 그 날을 위하여

불자동차

소방훈련을 마치고
사이렌도 안 울리며
동대구 넓은 가로를 걸어가는
빨간 불자동차
까만 아스팔트 따라
장난감처럼 기어가는 모양이
방금 불 속에서 기어 나온
잘 익은 게 같기도 하다
아, 국군의 날, 여의도 광장에서도
나는 이 모습이 보고 싶다
미사일이나 장갑차 대신
새빨간 불자동차가 행진을 하며
얼룩무늬 공수대원 아닌
새카만 소방관 아저씨들이
〈받들어 총!〉 대신
〈받들어 호스!〉로
〈우로 봐!〉 대신
〈좌우로 살펴!〉하며
보무당당히 시가를 걸어가는…….

문을 열어놓다

立冬 지난 지 한참
초겨울 추위가 매섭다
영하의 날씨에
다세대 주택의 獨居는
더욱 시리다
오가며 볼 수 있도록
문 닫지 마라!
아무도 내 죽음을 알지 못한다
갇힌 방에서
외로이 썩어도
아무도 문 열지 않는다

죽어서도
외면 받을 인생
세상과 섞이고 싶다
아직은 살아 있으니
문 닫지 마라
때 되면 꽝꽝 못질 되어
한 길 땅속에 매장되고
세상과의 모든 교통 막힐 테니
아직은 아니다,
문 닫지 마라!

허수아비

아직도 情 남은 산촌에 드니
조선옷 입은 사람, 어이 어이
나 이 산촌에 와 본 적 없는데
누가 날 알아봐 소리쳐 부를까
조 이삭 팬 밭둑에서
벼 이삭 영그는 논 가운데서
외다리로 팔 벌리고 서있는 사람
이빨 갈아 악써도 우습고
묵묵히 입 다물고도 깊은 말씀 던지는
산촌에 터진 가을 축수하는 굿애비
시골 늙은 허수아비, 어이 어이
도시로 간 허수들 불러
목 쉬어 어어이, 어어이

自由

공지가 있다
공지는 숨을 쉬지
공지는 넉넉하지
공지는 자유, 공지는 무한, 공지는 평화
돌담이 쳐진다
치울 수 없는 담 안에
공지는 갇힌다
공지는 부자유, 공지는 유한, 공지는 격리
숨이 막히지
답답하지
배고프기 시작하지
공지는 바깥이 그립다
공지의 평화는 금가고 공지는 반란한다
담 밖과 내통한다

공지에 금을 그어 놓으면서
선 하나 쳐지면서…….

고물古物

고물상에 가면
진부하게 고물들이 누워 있다
녹슨 시간 속에
파란 바람이 자전거 바퀴살을
팔랑개비로 돌리면
자르르 기름진 녹들이 불어나고
풀 수 없는 매듭처럼
얽히고설킨 고물들이
형체를 죽이며 해체된다
존재에서 벗어나기 위하여
가벼워지는 연습을 한다
찍히고 맞물리고 조여진 나사에서
부지런히 옷 벗는 소리
살 벗는 소리
풀어지고 허물어져
순수 본질로 돌아가며
自由가 되고 있다

버찌의 죽음

동대구 가로에
벗나무가 서 있다
발가벗은 벗나무
추행당한 벗나무
유배당한 벗나무가
겨울을 이기고 꽃을 피웠다
하얀 눈을 뜬 꽃망울이
주렁주렁 비애처럼 달려
봄은 불임의 도시에도
꽃을 피우고 나비를 불러왔다
삭막한 거리가 꽃 거리가 되고
중절수술을 마친 부부들이
손잡고 아래로 걸어가기도 했다
질주하는 차량들의 소음과 배기가스에
꽃의 미간에 금이 가고
암술 수술들이 흔들렸으나
벗꽃의 미소는 살아 눈부시고
마침내 새로운 생명을 잉태했다
탐스런 과육의 버찌가 자라고
붉은 울음 터뜨리며 익었을 때
재난은 시작되었다
아스팔트 검은 바닥에 농익어 떨어져

부서지고 으깨어지는 살들
달콤한 육즙은 시멘트 바닥이 빨아먹고
자욱한 비명만 메아리로 떠돌 뿐
씨가 되어야 할 열매들이
자궁을 얻지 못한 우리들의 태아같이
여름 빗물에 씻겨 흔적도 없이
하수구 진창으로 떠내려가니
몇 번의 오나니같이
말라 죽은 씨들이여
어느 낮은 하상에 닿아
다시 싱싱히 살아오는 날
하얀 벚꽃으로 피어나라
불임의 세상에서
충일한 회임으로 노래하라

삼각형의 논리

버스를 타면
승객들은 앉기를 원한다
빈자리만 나면
더 이상 서 있으려 하지 않고
망설임 없이 앉는다

주저 없이 앉는 것
한 번쯤 생각해봄 없이
편안해지려는 것
항상 이것이 문제다
그것이 중독성에 이르러서는

사람들도 너도 나도
높은 자리에 앉으려 한다
끊임없이 오르려고만 한다
나는 두렵기만 하다
다 올라가면
낮은 자리는 누가 채우는가

삼각형을 보자
밑변의 받침 없이
△형의 꼭짓점이 있을 수 없다

중요한 것은 언제나 저변이다
그러나 우리는 늘 잊고 산다
꼭짓점을 밀어 올리는 저변의 힘을
보통사람의 존재를

우리는 바닥에 눈을 돌려야 한다
아무도 바닥에 머물려 하지 않기 때문에
더욱 밑은 귀하다
나는 귀한 그 밑변에 있다

4부

수몰민의 꿈

수몰민의 꿈 1

개울이 흐르고
고샅길 따라오고
삽짝 열린 집들이 올라오고

산이 다시 솟아
마을 당집이 자리하고
종달새 자맥질하는
푸른 보리밭 너머
하늘이 떠오르면

물속에 잠긴 마을
고향이 보인다
그리움 속의 마을
고향이 떠오른다

수몰민의 꿈 2

나 고향 가리라, 한 마리 물고기 되어
푸른 등지느러미 흔들며 고향 찾아가리라
새마을 사업도 없고 앗길 것도 없는 물속
이제 더 이상 손댈 수 없는 고향
죽어도 못 잊을 그 땅에 가 살리라

물에 앗기고 나서 내 꿈이 된 그곳
갈 곳 없는 발길들이 떠다니는 그곳
그리운 얼굴들이 돌아와 서성이는 그곳
죽어도 못 잊을 그곳에 가
천년만년 살리라, 만수무강하리라

흙길을 가며

비에 씻기어
앙상하게 드러난 갈비뼈 사이로
고향 사람들,
풋풋한 얼굴이 밟힌다

기름때 다 빠지고
살점들 다 떠내려가고
흙의 힘줄, 흙의 뼈
늑골 사이에 박힌 반골의 흙만이
씻겨 말개진 얼굴로
다시 근력을 모은다

간밤의 어둠이
근심과 씻겨 가면
늑골이 비치는 가슴패기로
말갛게 고운 아침 해 솟고

무릎 관절을 드러낸 길이
맑은 숨 쉬며
가벼운 걸음으로 걸어가
들을 누이며 지평을 연다
아침을 딛고 일어선다

귀향

고향마을 어귀에
십 년 만에 당도하니
허공중의 참새들
새카맣게 몰려와
깜깜하게 우짖으며
멍석말이하여
출분出奔한 장자長子
모듬매 내리네
모듬매 내리네

故鄕의 잠

우리 씨름하던 시냇가
금모래 은모래는
다 어디 갔는가
속이 비어 배고픈 시내는
기름 젖은 비닐, 깡통,
코카콜라병을 먹었다
죽은 것이
산 것을 몰아내어
모래밭의 휴식은 멀리
바다로 떠내려가고
은빛 붕어 떼 쫓아 물살 가르던
뛰는 유년은 고향에 없다
모래를 파먹고 사는 거간꾼들만이
구더기로 득시글거려
오, 너는 여직도 옴으로 가렵구나
할퀴어 드러난
피 묻은 갈비뼈
고향엔 쉴 수 없는
잠만이 무성하다

감자

감자알이
옹기전 옆 가마니 위에서
몸을 벌리고 있다
김 서방 논에서
모심기 전에 캐져 나와
농사꾼 지게 위에서 하늘을 본
불알 같은 감자알은
정든 논 자락을 떠나
원행 길에 올랐다
울퉁불퉁한 신작로를 달려오다
이마가 벗겨지고
무릎이 까지고
면상에 팥을 간
시골 사람 같은 감자알
도시 변두리 시장에 와서
몸 팔 곳을 찾고 있다
한 소쿠리씩 비닐봉지에 들어서도 몸을 불리다
뜨끈뜨끈한 솥 안에서
하얗게 분을 세울
김 서방, 이 서방네 감자
아니 고향의 김 서방, 이 서방의
고만고만한 얼굴 얼굴들

팔달시장에서

무더기 무더기
노란 시골 참외
똥 무더기로 쌓였구나
무더기 무더기
한숨 쉬는 똥 무더기
눈물짓는 거름 무더기
도회 장바닥에
알몸으로 부려져
돈 되기를 기다리다
농사꾼들 체념으로 밟히며
눈물로 쌓여가네
천더기로 쌓여가네
무더기 무더기 똥 무더기
말간 하늘만 비치는
농사꾼 식구들
찢어진 똥구멍으로
떠오르는 빌딩이여
번쩍거리는 도시여
핏발 선 눈 사이로
앙다문 잇새로
시름만 씹힌다

近況

돈이 돈 번다

세상의 돈들이
땀을 많이 흘렸다

산불

소나무, 오동나무, 참나무, 밤나무, 관목이며 잡목 다 태
우고
고사리, 짠데, 벌똥, 할미꽃, 더덕, 노루 뿔 다 끄스르고
이장, 서장, 군수, 면장, 다 모가지 날리고
산림녹화, 행정지시, 새마을 자조사업, 산불조심
펄럭이는 현수막
위에서 내려오는 넘치는 구호
다 불 태워 버리고
때맞춰 부는 바람까지 다 불살라 먹고
오르락내리락 엎어지고 넘어지고 까무러치는 정신없는
정신 다 태우고
사방사업 중인 호각, 깃발, 못줄, 어김없는 줄맞춤 다 태
우고
위에서 부어지는 물까지 다 태우고
당황하지 말고 차근차근 감독관 지시대로 대피하라는 마
이크 방송까지
불사르고
먼저 뛰기 바쁜 감독관 찾아 우왕좌왕, 아수라장 속의 비
명까지 다
잡아먹고
밑에서 올라가는 연기
훨훨 나는 불꽃

탕탕 튀는 불똥 싸며

껑충껑충 뛰는 불춤 피해 올라가기

위로 위로 달아나며

꼭대기 꼭대기로

봉우리 봉우리로

마침내 하늘 가운데에 높이 올라가

별이 되고 강이 되고 꽃이 된 다람쥐, 들쥐, 토끼, 오소리, 너구리,

산새, 노루, 그리고 사람, 사람 이 판님, 김 돌쇠, 장 점이……

극락왕생을 위하여

소지 올리듯 활활 타올라라

아랫것들 위로 말아 올려라

하늘에 닿는 소지로 태워 올려라

마침내 저까지도 태워 올려

새로이 태어나는 오, 검은 산

위천 지나며

강물은 天門으로 가는 길같이
하늘 맞닿은 선상으로 사라지고

조는 듯 한낮의 마을은
시름에 겨워 앉아 있다

강을 건너는 다리 아래
고흐의 수염 같은 밀밭

비닐하우스 속에는 온종일
노란 참외들이 햇볕을 빨고

밀짚같이 마른 농부의 뼈 속에선가
나지막한 휘파람 소리 들린다

산허리를 잘라 먹으며 호남 벌로 내닫는
불도저를 따라온 88고속도로

지금 한창 건설 중인 문명이 놓친
어느 작은 마을은, 이름을 위천이라 하네

할아버지

저무는 만원 버스에
무임승차한 할아버지
웅얼웅얼 중얼중얼
경로석 양보 받아
학상 고마워 우물우물
무너지듯 앉으며
이 차 어디로 가 중얼중얼
끓는 가래 그르렁거리며
세상이 너무 빨리 돌아
무어가 무언지 몰라 우물우물
살아 온 팔십 년은
눈 닦고 봐도 안 보여
여기가 어디야 흥얼흥얼
나는 안 보여 흥얼흥얼
중얼거림밖에는 없어
웅얼웅얼 중얼중얼 흥얼흥얼

먼지

나는 한 낱의 작은 입자
여리다 여린 숨
어린이의 숨결에도 뜨는
가볍고 작은 몸이지만
나는 세상을 덮는다

바람에 떠돌고
햇살 위에 춤추는
내 키는 잴 수 없이 작고
무게 또한 달 수 없지만
피아노 선율에 튀는
내 몸은 아름답고 유연하다
맨 마지막에 자리하고도
가정 먼저 일어나며
모든 것을 이기고 모든 것을 덮는다
나는 작은 자가 아니다
큰 자이다

다시 한 번, 우주의 삼라만상에서
가장 작은 입자이나
세상에 나를 이길 것이 없고
나를 덮을 것이 없다

오직 고요만이 나를 잠재우므로
총도 칼도 나를 이기지 못하고
핵폭탄들도
나를 깨부수지 못한다

세상과 세상이 싸우고
별과 달이 가랑잎처럼 떨어져
지구에 종말이 온다 해도
그 순간 내 몸은 가장 성한 채로 흥하여
모든 주검 위에
최후의 고요로 내릴 것이다
역사 위에
문명 위에
망각 위에
시 위에
아, 모든 부질없는 것들 위에
마지막 종지부로 찍히며
수의처럼 그대들을 덮어
영원한 잠으로 다스릴 것이다.

下水의 노래

비 오는 날
내 발 밑을 떠나는 하수구의
물소리들 반갑다
등 떠다밀며
앞서거니 뒤서거니
저들끼리 소곤거리며
아, 떠나가는 것들의 모습은
언제 어디서나 아름다운가
더러운 하수로 누워
흐르며 부르는 합창
더러 홀로 내는 소리도 눈부시다
비릿한 살 냄새
부글부글 끓는
오물더미를 쓸어가는 뒷자리
차라리 향기로워라
노래하며 지워지는 것
사라지는 것
고여 썩지 않고
흘러가는 것들의 미쁨
누가 떠나가는 등 뒤에 침을 뱉으랴
비치는 별빛에 반짝이며
밤새도록 흐르고 흘러

새날 새벽 바다에 닿으리니
고요한 깊이에로 눈 뜨며 파도치리니
그대에게로 달려가는 내 몸의 피도
스스로 걸러 맑히며
노래하게 하라

수제비를 먹으며

비 오는 날
비도 갇히고
소리도 갇히는 막골목
과부 집에 가 수제비를 먹으면
초등학교 때 책보 메고
개울 건너며 떠먹던 물수제비
헛배 불리며 띄우던 물수제비
어제 일처럼 떠오르고
그리운 얼굴도 뜨는데
습한 마룻바닥에 걸터앉아
더운 김 후후 불며 빗소리랑 먹으면
그릇 당 350원짜리 수제비
일당 3천 원 가슴이 먼저 더워져
눈시울 붉으래 달아오른다
국물 위에 뜬 추억들 불어가며
마지막 모금까지 마시면
오랜 만의 포만감으로
좁은 골목 넉넉하고
비 오는 세상도 따뜻하여
유리창에 어리는 김 사이로
오늘 남은 하루의 뒤가 맑게 보인다

신천新川

신천 다리 위로
나는 간다
건너다보이는 철교 위로
그림 같은 기차가
심심할 때마다 지나고
일제 때 놓은 다리 아래로
부쩍 살지고 푸르러진 물들이
소리를 지르며 흐른다
별빛이 고운 동네
별보다 수심이 먼저 뜨는 동네
열 수심이 만 별을 지운다
비 내리면 몰래 똥을 퍼다 버리는
신천 사람들
천변 따라 서는
푸른 다리 고물시장엔
세상 삼킬 날 기다리며 녹이 자라고
녹슨 삶들이 목숨을 이어가지만
비 맞은 풀잎처럼 싱싱하게
죽었다가도 깨어나는 신천 사람들
그 풍경 속으로 나는 가고
내 노래는 지워진다
한 가닥 마른 바람 일면

집적장 TV 안테나 속으로

세계 도처에서 날아드는 문명의 소식

문명과는 아랑곳없이

번들거리는 얼굴로 신천이

세상 속으로 흘러가고

예나 지금이나 팬티만 걸친

개구쟁이 아이들

물가에서 유리 밟고 논다

어두운 시대의 현실 인식과 그 비망록

이진엽 시인 · 문학평론가

어두운 시대의 현실 인식과 그 비망록

이진엽 시인 · 문학평론가

1. 기억의 창窓을 열며

문학이 현실과 무관한, 자족적인 미학을 지향하는 것이라는 생각은 근대문학사에서 많은 논란거리가 되어왔다. 문학의 독자성과 결부된 이런 절대주의적 시각은 작가 혹은 시인이 몸담고 있는 현실이 부당한 힘에 의해 흔들릴 때 적지 않은 도전을 받게 된다. 물론 문학은 어떤 이념이나 도그마를 전달하는 도구가 아니라 그 나름의 독립적 예술성을 지켜가고자 하는 자성自性을 지니고 있다. 하지만 그 독립성이 외세의 침략이나 민주주의를 억압하는 힘에 대해서까지 외면하면서 오직 탐미주의에 경도된다면 문학의 존재이유는 도전을 받을 수밖에 없다. 시의 경우, 시인이 언어의 조탁과 정치성精緻性을 부단히 추구하는 것도 중요하지만, 시대나 현실의 절박한 문제에 대해 사회구성원들과 함께 대응하는 자세도 중요하다. 특히 일제 강점기와 군부 독재시대를 거쳐 현재에도 분단의 현실에 처한 우리나라의 경우, 문학의 현실참여 즉 앙가주망engagement에 관한 문제는 간과할 수 없는 것처럼 인식된다.

이런 맥락에서 박방희 시인의 시집 『무궁화꽃이 피었습니다』를 펼쳐보는 일은 새삼 민족과 현실의 문제를 다시 한번 생각하게 한다. 1970년대 이후 참여문학은 민족의 주체성과 역사의식을 문학작품으로 표현하려는 경향이 강했다. 특히 그 시대에는 리얼리즘론과 제3세계 문학론, 민중문학론 등의 거대담론이 우리 문단에 들불처럼 타오르기도 했다. 이번에 상재되는 이 시집은 1980년대 박방희 시인이 체험한 젊은 날의 민중운동의 비망록이다. 시인은 그 무렵 보안사 민간인 사찰 대상에 포함될 정도로 적극적인 현실 참여 활동을 한 이력이 있다.(위키백과 국군보안사령부 민간인 사찰 사건 참조) 젊은 시절, 관념론이나 이상론에 빠지기 쉬운 유혹을 떨쳐버리고 민족의 현실과 시대적 문제에 정면으로 대응하여 그것을 시화詩化하고 있는 이번 시집은 그런 의미에서 매우 소중한 가치로 받아들여진다.

2. 민족혼, 그 숨결 들이켜기

박방희 시인의 이번 시집에서 큰 골격을 이루며 먼저 눈길을 사로잡는 것은 '민족'과 관련된 시들이다. 우리 민족의 주체성과 애국심, 6·25동란의 희생자들에 대한 추모와 위로, 통일에 대한 염원과 민족의 대화합 등 강한 역사의식을 담고 있는 시들이 그것이다. 이중에서 '민족의 주체성'을 담고 있는 시가 시집의 첫 페이지를 장식하고 있어 우선 관심을 끈다.

나긋나긋한 추녀로
가까이 내려온 하늘 떠받치고
아직도 조선의 숨을 쉬는 남대문
서울의 관문으로 중심을 잡고
백의민족의 얼을 지키네

울울한 서울의 빌딩들
한양의 푸른 하늘
다 가리지 못하듯
츄잉껌, 맥스웰, 웨스팅하우스
밀려오는 외래의 홍수 속에서도
조선이 조선이게 하네

가까이 가면 들리는 말씀
시절을 거슬러 오고
전해지는 숨결은 피를 덥히는데
비끼는 저녁 해에 鶴이 되어 앉았다가
밤 깊어 베갯머리로 날아와
조선의 곤한 잠을 지키는
국보1호 서울 남대문
― 「南大門」 전문

　'남대문'은 조선 태조(1398) 때 건립된 도성의 정문으로
일명 숭례문으로 잘 알려져 있다. 광화문, 경복궁으로 가는
길목의 세종대로에 위치한 이 남대문은 지난 세월 동안 우

리 민족과 영욕榮辱을 함께 해왔다. 내우외환의 격랑을 거쳐 오면서도 "아직도 조선의 숨을 쉬"고 있는 이 문은 "서울의 관문으로 중심을 잡고/ 백의민족의 얼을 지키"면서 묵묵히 서 있다. 서구 문명으로 오염된 도성에는 이제 "츄잉껌, 맥스웰, 웨스팅하우스/ 밀려오는 외래의 홍수"로 몸살이지만, 시인은 그나마 이 남대문이 버티고 있어 "조선이 조선이게 하네"라며 민족의 자존감과 주체성을 환기시켜 주고 있다.

그러므로 시인에게 있어서 이 문은 우리 민족 그 자체와 동일시된다. 귀를 열고 "가까이 가면 들리는 말씀/ 시절을 거슬러 오고/ 전해지는 숨결은 피를 덥히는데"에서 느껴지듯 그(남대문)의 숨결은 우리 겨레의 따스한 피와 온기처럼 시인에게도 체감된다. 특히 "비끼는 저녁 해에 鶴이 되어 앉았다가/ 밤 깊어 베갯머리로 날아와"에서 보듯 시인은 남대문과 '나(민족)'가 하나로 융합되어 혼융일체가 되는 감정에 사로잡힌다.

민족에 대한 이 같은 사유는 '겨레의 혼과 정기'라는 의미로 나타나기도 한다.

쇠붙이는 녹슨다
조선의 흙이 다 슬어 먹는다
기미 독립만세 피 먹고
東學의 피 먹은
향긋한 조선의 흙이 다 잡아먹는다
엠원, 아카보 소총도 슬어 먹고
미그기, 팬텀기에 미사일, 탱크

휴전선 155마일 녹슨 철조망까지

漢族, 胡族, 蛮族, 倭, 洋夷

반도에 발 디딘 침략자들

피라는 피 다 먹어치운

조선의 흙이 다 잡아먹고

아름다운 들꽃으로 피워 올린다

미쁘고도 고운

조선 꽃으로 피워 올린다

         — 「조선의 흙」 전문

  '조선의 흙'이라는 시제詩題가 암시하듯이 이 시는 우리 국토의 '흙'을 핵심 제제로 하여 주제 의식을 드러내고 있다. '흙'은 대지를 구성하는 토양이다. 흙은 인간을 포함한 모든 생명체의 생존을 위해 필수불가결한 원형질이다. 흙은 부드럽지만 결코 약하지 않다. 부드럽고 순한 흙도 시련이 닥치면 어머니처럼 강하게 외풍을 막으며 품안의 생명체들을 보호한다. 까닭에 그 강한 '쇠붙이'도 "조선의 흙이 다 슬어 먹"고, "기미 독립만세" 운동이나 "東學" 혁명 때 흘린 '피' 역시 "향긋한 조선의 흙이 다 잡아먹는다". 어디 그뿐이랴. "엠원, 아카보 소총"과 "미그기, 팬텀기에 미사일, 탱크", 그리고 "휴전선 155마일 녹슨 철조망"과 "漢族, 胡族, 蛮族, 倭, 洋夷"의 침략자들에 의해 흘린 '피'까지 조선의 흙은 다 잡아먹는다. 이유극강以柔克剛, 그 부드러움으로 흙은 강한 것들을 모두 물리친다.

  하지만 흙의 이 카니발리즘은 시인에게 있어서 결코 부정적으로 느껴지지 않는다. 그 이유는 조선의 흙이 외세를 물리치는 행위는 수구적, 반동적 태도가 아니라 외래문화를 "아름다운 들꽃으로 피워 올"리거나 "미쁘고도 고운 조선 꽃으로 피워 올"리고 있기 때문이다. 그러므로 시인은 조선의 흙을 통해 민족혼과 정기는 물론 외래문화를 주체적으로 수용하여 꽃피우는 창조 정신도 읽고 있다.

시인의 이런 생각은 분단된 조국의 '평화 통일과 민족 화합에 대한 염원'으로 나타나기도 한다.

진달래꽃 피어

理念도 없이 활짝 피어

온 세상에 화안하다

한라에서 백두까지

활짝 피는 기쁨 여기 있어라

이데올로기도 휴전선도 없이

그냥 피는 것의 아름다움

…(중략)…

활짝 피는 統一 여기 있고

활짝 피는 平和 여기 있고

활짝 피는 來日 여기 있으니

아, 우리 모두 활짝 피어

삼천리금수강산 어우러지며

이 땅의 어둔 넋들 환하게 하고

활짝 피는 나라

활짝 피는 歷史 만들어가야 하느니!

— 「진달래꽃 앞에서」 부분

우리 민족의 정서를 가장 잘 담고 있는 '진달래꽃'을 매개로 한 이 시는 평화통일과 남북 화해 정신을 잘 보여주고 있다. 우리 국토의 산야에 봄이면 지천으로 피는 연붉은 야생화, 이 꽃은 "한라에서 백두까지" 뿌리내린 채 "理念도 없이 활짝 피어／ 온 세상에 화안"하게 비춰지고 있다. 민족혼이 스민 듯한 그 꽃에는 "이데올로기도 휴전선도 없이／ 그냥 피는 것의 아름다움"만이 있을 뿐이다. 시인은 이 순수한 진달래꽃처럼 우리 민족도 "삼천리금수강산 어우러지"자고 토로하면서 분단된 겨레의 진정한 대화합을 갈망하고 있다. 이 소망을 실현하기 위해서는 "민주로 가는 길, 통일로 가는 길"(「바람이 되어」)을 하루 빨리 만들어야 하며, "철조망도 지뢰밭도 날려버리고／ 분단도 불신도 날려버리고／ 우리끼리 만나서 웃"(「웃자」)는 날을 앞당겨야 한다.

물론 이 통일은 단순한 물리적 통합만이 아니다. 그것은 "활짝 피는 平和"를 실현하고 "활짝 피는 來日"을 열어가는 것이며, "활짝 피는 歷史"를 새롭게 창조해가는 것이다. 하나의 일상적 자연물을 통해 민족의 현실과 미래의 문제를 유추해내는 시인의 건실한 역사의식이 돋보인다.

3. 어둠의 시대, 민주화에 대한 열망

박방희 시인은 앞서 언급한 것처럼 1980년대에 민주화 운동에 앞장섰던 시인 중의 한 사람이다. 평소 과묵한 성격으로 잘 알려진 그에겐 학창시절부터 "세계의 중심에다가 확고히 저를 두는 자존감, 그런 중량감"(문인수 시인의 회고)이 있었던 것 같다. 이런 성향 때문인지 그는 억압과 부조리로 점철된 현실에 그냥 침묵할 수가 없었다. 그래서 이번 시집에는 시국의 불안함, 민주화 운동 탄압, 권력의 횡포와 그 위선에 대한 비판이 두드러지게 나타나 있다. 먼저 암울했던 군부독재 시절의 '불안한 시국'에 관한 시를 보기로 하자.

사이렌 울리고
호각소리 찢어지고
발소리 어지러운데
어둠 속에서 완장 찬 사내
하얀 이 드러내고
외마디 조준하여, 탕!
401호 불 꺼!
…(중략)…
우리나라 희망의 불빛도 끄고
우리 모두 떨어야 해
언제 날아올지 모르는
가상 적기 앞에
언제 쳐들어올지 모르는
가상의 적에 부들부들 떨어야 해
우리 지금부터 죽어야 해
— 「야간 민방공 훈련」 부분

'야간 민방공 훈련'이라는 제목에서처럼 이 시는 1970 · 80년대 남북의 극한 대치 상황과 관련된 전쟁의 불안을 극명히 보여주고 있다. "사이렌 울리고/ 호각소리 찢어지고/ …(중략)…/ 외마디 조준하여, 탕!/ 401호 불 꺼!"에서 감지되듯 그 시대를 살아온 사람들이면 누구나 야간 등화관제 훈련과 그에 따른 전쟁의 공포를 경험한 바 있다. 적의 침략에 유비무환의 자세로 철저히 대비함이야 당연한 일이지만, 문제는 시인에게 이 훈련이 "우리나라 희망의 불빛도 끄"게 하는 것 같이 느껴진다는 사실이다.

　여기서 희망이란 진실을 의미한다. 야간 민방방공 훈련은 나라 전체에 극심한 공포심을 조성하여 국민들을 마음대로 통제하고자 하는 당시 위정자들의 전략일 수도 있다는 것을 시인은 간파하고 있다. 그래서 이 훈련은 그 진실이 의심 받는 것이다. 마치 마을의 질서 유지를 위한 수단으로 이리 떼가 습격해온다고 거짓말을 하여 주민들을 대피시키는 연출을 하는 장면(이강백의 희곡, 「파수꾼」)과 흡사하다. 그래서 시인은 "언제 쳐들어올지 모르는/ 가상의 적에 부들부들 떨어야" 하는 현실에 냉소적으로 반응한다.

　이 불안한 시국에 국민들은,

　　"503호는 어디로 가고?"
　　"503호는 이민 갔답니다."
　　"언제?"
　　"벌써요! 그동안 비어 있었대요."
　　가슴이 뻥 뚫린다
　　머리가 훤히 빈다
　　맑은 하늘 너머로 KAL기가 날아가며
　　손을 흔든다

안면 있는 얼굴들이 구름 속에 동동 떠 있다가 사라진다

무궁화 꽃이 피었습니다

무궁화 꽃이 피었습니다

꼭꼭 숨어라, 머리카락 보일라

남은 내가 무궁화 꽃으로 피었다

　　　　　　　　　　　　　　　　　　　　　ㅡ「이민」 부분

에서와 같이 희망을 잃어버린 채 조국을 등지고 이민을 감행하기도 한다. 역사를 거슬러보건대 시국이 불안정하고 억압이 심화될수록 이향離鄕을 하는 유이민들이 많았다. 이 시의 '503호' 주민도 "맑은 하늘 너머로 KAL기"를 타고 타국으로의 이출移出을 시도하고 있다. 그런데 고국을 버리고 디아스포라Diaspora의 삶을 선택하는 이민자들에 대한 시인의 생각이 주목된다. 그 생각을 이해하기 위해서는 이 시에 이채롭게 등장하고 있는 "무궁화 꽃이 피었습니다"라고 하는 어린아이들의 숨바꼭질 놀이에 관심을 둘 필요가 있다. 술래가 된 어린아이가 '무궁화 꽃…'이라고 외치는 그 소리는 이 시에서 어떤 의미를 주는 것일까?

　주지하다시피 이 놀이에서는 술래가 된 아이가 벽을 보고 돌아서서 그 소리를 외치는 동안, 다른 아이들이 자유롭게 발을 옮기며 행동할 수 있다. 이 사실에서 유추해본다면 시인이 지금 술래가 되어 '무궁화꽃…'이라고 외치면, 그 사이 타인들은 자유로운 삶을 선택할 수 있는 장면이 연출되는 것이다. 따라서 '무궁화꽃…'이라는 후렴구의 반복은 결국 시국의 불안과 억압을 피해 타국으로 떠나는 동포들에 대해 시인이 자유로운 삶을 누릴 수 있기를 소망하고 있는

것으로 읽혀진다.

　이러한 시대적 문제는 '민주화운동 탄압'이라는 고통스러운 모습으로 나타나기도 한다.

> 그는 이미 체포되었다
> 한 개의 수갑
> 한 발의 오랏줄도 없이
> 굴비두름으로 엮이어
> 구분된 동그라미
> 칸 쳐진 네모 안에
> 죽은 자의 얼굴로 갇혀
> 이 나라 어디엘 가도
> 붙잡혀 있고
> 핀 하나로 꽂히거나
> 더러 풀질되어
> 바람벽에 도배되었다
>
> …(중략)…
> 가벼운 종이 한 장에 갇혀
> 내리지도 벗어나지도 못하고
> 적의에 찬 활자로 매도되어
> 그의 자유
> 그의 사상
> 그의 애국은
> 재판도 없이 단죄되고
> 벽이란 벽

기둥이란 기둥

신문과 전단과 텔레비전 면면마다

구분된 동그라미로 효수되고

칸 쳐진 네모로 처형된 채

산 자 가운데서 죽은 자 되고

죽은 자 가운데서 산 자 되었네

― 「수배자」 부분

시인의 젊은 시절은 군사정부의 억압 정치가 매우 기승을 부리던 때였다. 전국에 비상계엄령이 선포되고 사회 전체가 동토凍土처럼 얼어붙어 언론과 집회의 자유는 물론, 인간의 기본권과 존엄성마저 크게 위협받는 시대였다. 이 어둠의 시대에 시인은 "반독재 민주화운동에 참여해 재야 문화운동 단체인 '우리문화연구회'의 대표와 대구·경북지역의 대표적인 재야인사로 활동"(황수대의 글, 『아동문학평론』 2008, 가을호 참조)하다가 1990년대 현실 정치 참여로까지 이어진다.

이 시에서도 민주화운동에 대한 탄압의 장면이 적나라하게 드러난다. '체포·수갑·오랏줄·효수' 등의 시어에 나타난 을씨년스러운 분위기가 그것을 입증한다. 이런 공포감은 "아득한 어둠, 그 끝없는 나락으로/ 떨어져 사라지는 저 밤의 불빛"(「밤 불빛」), "최루가스 자욱하고/ 돌멩이 나르는 세상에/ 꽃은 지고 어둠뿐인데"(「요즈음의 빗소리」)에서처럼 두렵게만 느껴진다. 민주화를 외치다가 체포된 자들은 "굴비두름으로 엮이어/ 구분된 동그라미/ 칸 쳐진 네모 안에/ 죽은 자의 얼굴로 갇혀"버린다. '그'는 이제 인간이 아니라 "핀 하나로 꽂"힌 곤충처럼 채집되어 타인과 격리된 삶을 이뤄가야 한다. 시인은 박제된 미물을 통해 인간의 존엄성이 말살되는 모습을 유추하면서 영혼을 옥죄는 현실을 폭로하고 있다. 특히 '그'가 주장하는 '자유 · 사상 · 애국'이 "재판도 없이 단죄되"는 상황과, "신문과 전단과 텔레비전 면면마다/ 구분된 동그라미로 효수되고/ 칸 쳐진 네모로 처형"되는 현실 앞에 시인은 마치 '동물농장'(조지 오웰의 소설) 같은 디스토피아dystopia의 참혹상을 온몸으로 느낀다.

이러한 암울한 시대적 상황은,

①네모난 공간 안에
　아무도 못 들게 하고
　불빛도 가두고
　구들장의 온기도 막고
　말소리도 가두고
　끼리끼리 모여앉아
　삼천리금수강산 꽃이 피었네
　튼튼히 벽 쌓아 이중창 치고
　가시 철망 내다보며
　아우성치는 바깥도
　서슬 푸른 바람도
　거두어들일 일 없이
　귀 꽁꽁 막아 되게 하고
　─「공간 극복」 부분

②정육점을 앞을 지나면

　죄짓지 않은 내 생살이

　푸들푸들 떨리고

　살 밖으로 뚝뚝 듣는 피

　저미는 고통에

　조건반사처럼 숨은 가쁘고

　저건 사람의 넓적다리가 아니고

　소의 다리

　저건 사람 갈비 아닌 소갈비

　사람 뼈 아닌 소의 뼈

　거듭 거듭 되새기며

　고개 주억이나

　나는 나를 믿지 못한다

　―「조건반사」 부분

에서도 여실히 드러난다. ①의 시에서 보듯 민주화운동을 하다가 구속된 자들은 "네모난 공간 안에/ 아무도 못 들게 하고/ 불빛도 가두고/ 구들장의 온기도 막고/ 말소리도 가두고" 있는 극한 상황 속에 처해진다. '네모난 공간'이란 바로 감옥이 아닌가. 이들은 "가시 철망 내다보며/ …(중략)…/ 귀 꽁꽁" 막은 '이중창' 안에서 우리에 갇힌 동물들처럼 살아가야 한다. 이 부자유는 "돌담이 쳐진다/ 치울 수 없는 담 안에/ 공지는 갇힌다/ 공지는 부자유, 공지는 유한, 공지는 격리/ 숨이 막히지"(「自由」)에서처럼 인간의 생명을 위협한다. 인간은 이성을 지닌 존재이다. 그런데 이성의 본질은 자유이다. 이 자유는 존 로크와 루소가 주창한 것처럼 인간이 태어날 때부터 세상에 가지고 온 천부인권이다. 따라서 그 자유는 누구에게도 양도하거나 빼앗길 수 없으며 인간이 스스로의 실존을 증명하는 소중한 가치이다. 시인은 이 존엄한 가치가 말살되는 현실을 주저 없이 고발하면서 탄식하고 있다.

이러한 현실 인식이 ②의 시에서는 중층 효과를 통해 더욱 강렬하게 표현되고 있다. 어느 날 "정육점을 앞"을 지나가던 시인은 그곳에 매달린 '소'의 갈빗살을 보고 민주화운동을 하다가 붙잡힌 이들에 대한 무자비한 고문과 고통을 연상한다. 그 상점 앞에서 시인은 마치 "죄짓지 않은 내 생살이/ 푸들푸들 떨리고/ 살 밖으로 뚝뚝 듣는 피/ 저미는 고통에/ 조건반사처럼 숨"이 가빠오는 듯한 느낌을 받는다. 이 느낌은 바로 극한 고문의 고통에 대한 소스라침과 다르지 않다. 그래서 그는 "저건 사람 갈비 아닌 소갈비/ 사람 뼈 아닌 소의 뼈"라고 되뇌며 스스로를 안정시켜보려고 한다. 하지만 "나는 나를 믿지 못한다"에서 알 수 있듯이 그 소갈비와 소뼈에서 사람의 살과 뼈가 겹쳐지는 것은 어쩔 수 없는 일이다. 이것은 곧 고문의 고통에 대한 기억이 시인의 뇌리에 각인되어 있기 때문으로 여겨진다.

시대 현실에 대한 이런 부정 의식은 '위선과 기만에 대한 신랄한 비판(풍자)'으로 나타나기도 한다.

도끼눈을 뜨고
도끼눈이 내린다
비수의 싸늘함으로
날선 눈이 내린다

공중에서 드리운 총구처럼

까만 눈을 뜬 눈이 내린다

사월에 진 꽃 이파리

오월에 쏟아지던 우박

작년에 지워낸 아이들 살점으로

펑펑 눈이 내린다

이 땅에 눈이 내린다

2천 년대 복음처럼

멋진 신세계로 가는

달콤하게 포장된 눈이 내린다

모든 것 다 덮기 위해

기만의 눈이 내린다

가면의 눈이 내린다

깃발처럼 펄럭이며

최면의 눈이 내린다

　　　　─「오늘의 눈」 전문

　눈발이 날리는 겨울, 시인은 그 눈송이를 통해서도 억압
적인 현실을 시니컬하게 풍자하고 있다. 시인은 눈이 내리
는 장면을 보면서 "비수의 싸늘함으로/ 날선 눈이 내린다/
공중에서 드리운 총구처럼/ 까만 눈을 뜬 눈이 내린다"라
고 하며 어두운 시대의 화면을 겹쳐본다. 특히 '도끼'와 '총
구'는 군사 정부의 폭력과 탄압을 상징하여 더욱 시의 분위
기를 신산하게 만들어주고 있다. 이런 정황은 "눈발은 공수
부대처럼/ 하늘에서 내려와/ 세상을 점령하고"(「녹는 눈」)
에서도 여실히 드러난다. 그런데 그 눈송이에는 "사월에

진 꽃 이파리/ 오월에 쏟아지던 우박/ 작년에 지워낸 아이들 살점"처럼 민주화운동을 하다가 스러져간 청춘들의 혼도 담겨 있다. 하지만 시인에겐 그 눈이 부당한 권력을 덮어주는 "멋진 신세계로 가는/ 달콤하게 포장된 눈"으로 인식되고 있음이 더욱 가증스러운 일이다. 장막의 안쪽에선 자유와 인권을 말살하는 온갖 계략이 은폐되어 있지만, 그 "모든 것 다 덮기" 위한 거짓 민주주의가 '기만의 눈·가면의 눈·최면의 눈'처럼 이 땅을 하얗게 덮고 있는 것이다.

한편, 시인의 현실 인식은 '권력과 욕망에 대한 비판'을 통해 더욱 강화되기도 한다.

사람들도 너도 나도
높은 자리에 앉으려 한다
끊임없이 오르려고만 한다
나는 두렵기만 하다
다 올라가면
낮은 자리는 누가 채우는가

삼각형을 보자
밑변의 받침 없이
△형의 꼭짓점이 있을 수 없다
중요한 것은 언제나 저변이다
그러나 우리는 늘 잊고 산다
꼭짓점을 밀어 올리는 저변의 힘을
보통사람의 존재를

우리는 바닥에 눈을 돌려야 한다

아무도 바닥에 머물려 하지 않기 때문에

더욱 밑은 귀하다

나는 귀한 그 밑변에 있다

—「삼각형의 논리」부분

인간은 권력을 통해 높은 자리에서 타자들을 지배하려 하고, 그를 통해 자신의 욕망을 끊임없이 충족하고자 한다. 그렇게 되면 권력을 서로 독점하기 위해 약육강식의 투쟁이 일어날 수밖에 없다. 이 시에서 보듯 "사람들도 너도 나도/ 높은 자리에 앉으려 한다/ 끊임없이 오르려고" 발버둥치고 있다. 토머스 홉스의 말대로 자연 상태의 인간은 정념에 휩쓸리며 살아가기 때문에 본능적으로 만인에 대한 투쟁을 하며 살아가고자 한다. 이 투쟁에서 사회적 강자들은 "나는 발을 거두어/ 또 다른 작은 자들 위로 나아간다/ 나의 존립과는 상관없기에"(「나는 큰 者」)서처럼 약자들을 무참히 짓밟는다. 그 결과, 힘 있는 자들은 저마다 '삼각형'의 '저변'을 무시하고 맨 위의 '꼭짓점'으로만 향하려고 또 다시 끝없는 갈등을 빚는다.

하지만 시인은 "밑변의 받침 없이 △형의 꼭짓점이 있을 수 없다"는 것을 통찰하고 있다. 그는 "꼭짓점을 밀어 올리는 저변의 힘을/ 보통사람의 존재를" 상기시켜주면서 기층 민중들의 힘에 소중한 가치를 부여한다. 돌이켜보건대 한 국가의 존립과 발전을 위해 지속적인 원동력이 되어온 것은 바로 민중들의 피와 땀이었다. 나라에 백척간두百尺竿頭의 위기가 닥쳤을 때도 백성들이 서로 힘을 모아 그 난관

을 극복해왔다. 까닭에 시인은 삶의 참된 가치는 높은 곳의
권력이 아니라 '바닥'에 있음을 깨닫고, "더욱 밑은 귀하다/
나는 귀한 그 밑변에 있"음을 강조해주고 있다.

4. 자아의 안과 밖 바라보기

　민족과 민주주의라는 거대담론 이외에 이번 시집에서는
자아 탐구와 수몰민들의 아픔에 대한 공감, 세상 풍경에 대
한 세태 묘사의 시도 보여 이채를 띤다. 이런 시편들은 자
아를 중심으로 하여 의식의 구심력과 원심력이 작용한 것
들로 보인다. 우선 '자아 탐구'의 시가 인상 깊게 다가온다.

　　내가 보인다
　　가는 거미줄
　　이슬방울 속에
　　내가 갇힌다
　　거미줄에 걸려
　　허우적대는 내가 보인다
　　빠져 나오지 못하는 내가 보인다
　　(중략)
　　내가 보인다
　　노을지는 하수
　　온갖 더러운 생활폐수 위에
　　동전처럼 빠져 있는
　　내가 보인다

어두운 내가 보인다

해맑은 내가 보인다

—「내가 보인다 2」 부분

   시인은 "내가 보인다"라는 말을 반복하며 '나'에 대한 응시를 하고 있다. 하지만 이 때의 '나'는 "거미줄에 걸려/ 허우적대는" 안타까운 모습이다. 이 '거미줄'은 곧 어두운 시대에 시인의 실존을 얽어매는 억압적인 힘 또는 운명을 상징한다. 민주주의와 자유가 위협받는 시대, 혹은 세계 속에 내던져져 인간의 실존이 불안에 처한 시대에 시인 역시 어떤 힘의 손아귀에서 "빠져 나오지 못"한 채 괴로워하고 있다. 이 괴로움은 시인이 "노을지는 하수/ 온갖 더러운 생활 폐수 위에/ 동전처럼 빠져 있는" 자신의 모습을 바라보는 데서 더욱 심화된다. 어둡고 황량한 시대, 시인은 자아의 실체가 망신창이가 되어 있는 것을 발견한 것이다. 이런 자아의 뒤틀린 모습은 "번쩍번쩍 빛나는 윈도우 유리 속에/ 실종된 내가 보인다/ 어깨 구부정히 걸어가는 내가 보인다"(「내가 보인다 1」), "정말 나는 작아지고 싶어/ 안달했다/ 살구 씨만 하게 오그라져 눈에 띄지도 않고/ 구석진 곳에 버려져 가는 소리를 내며 울고 싶었다"(「작아지고 싶은 날」)에서도 확인된다. 하지만 시인은 절망에 빠지지 않는다. "어두운 내가 보인다/ 해맑은 내가 보인다"라는 역설적 표현에서 알 수 있듯이 비록 '나'의 현실태는 우울한 양상을 띠고 있지만, 그 영혼은 '해맑은' 모습으로 비춰지고 있기 때문이다. 이것은 절망의 시대에도 시인이 희망의 빛을 망각하지 않고 있음을 반증하는 것이다.

'수몰민들의 아픔에 대해 공감'하고 있는 시도 소중한 의미로 받아들여진다.

> 나 고향 가리라, 한 마리 물고기 되어
> 푸른 등지느러미 흔들며 고향 찾아가리라
> 새마을 사업도 없고 앗길 것도 없는 물속
> 이제 더 이상 손댈 수 없는 고향
> 죽어도 못 잊을 그 땅에 가 살리라
>
> 물에 앗기고 나서 내 꿈이 된 그곳
> 갈 곳 없는 발길들이 떠다니는 그곳
> 그리운 얼굴들이 돌아와 서성이는 그곳
> 죽어도 못 잊을 그곳에 가
> 천년만년 살리라, 만수무강하리라
> ― 「수몰민의 꿈 2」 전문

1970년대 이후 우리나라는 여러 규모의 다목적 댐 건설이 활기를 띠기 시작했다. 댐 건설은 농업·산업 용수 확보와 홍수조절, 관광지 개발 등 긍정적 기능을 하기도 했지만, 그 이면에는 수몰민들의 눈물과 아픔도 스며있다. 조상 대대로 지켜오던 삶의 터전이 물에 잠긴 채, 낯선 객지로 이향을 할 수밖에 없는 수몰민들의 고통은 이루 말할 수 없었다. 시인의 고향에 건설된 '성주댐'을 위시하여 여타의 댐과 관련된 수몰민들의 아픔은 어떤 물질로도 보상 받을 수 없는 상처였기 때문이다.

이 시에서도 '나'라는 시의 화자를 통해 시인은 고향 회

귀 의식을 적극 형상화하고 있다. 시의 화자는 자신의 고향이 비록 물에 잠겼어도 "한 마리 물고기 되어/ 푸른 등지느러미 흔들며 고향 찾아가리"라고 토로하고 있다. 그 고향은 "죽어도 못 잊을" 땅이며, "물에 앗기고 나서 내 꿈이 된 그곳"이고, "그리운 얼굴들이 돌아와 서성이는 그곳"이다. 고향에 대한 이 간절한 장소애場所愛는 누구에게나 영혼 깊이 각인된 본성이다. 그래서 화자는 그 고향 땅으로 돌아가 "천년만년 살리라, 만수무강하리라"며 귀향의 꿈을 간절히 드러내고 있다. 이러한 현상은 전남 장성댐 수몰지구인 '방울재'에서 보인 '칠복'(문순태의 소설, 「징소리」의 주인공)의 강렬한 귀향의지를 연상시켜 주기도 한다.

물론 '나'가 돌아가야 할 고향은 옛 그대로의 모습이 아니다. 그 고향은 이미 "은빛 붕어 떼 쫓아 물살 가르던/ 뛰는 유년은 고향에 없다/ 모래를 파먹고 사는 거간꾼들만이/ 구더기로 득시글거려"(「故鄕의 잠」)에서 파악되듯이 경제적 이해타산을 노리는 자들에 의해 황폐화되었다. 그리움과 안타까움, 이 대비적 정서처럼 고향은 시의 화자에게 가눌 수 없는 복합 감정에 사로잡히게 한다.

끝으로 세상 풍경과 관련된 '세태 묘사'도 적지 않은 흥미를 불러일으킨다.

①무더기 무더기
　노란 시골 참외
　똥 무더기로 쌓였구나
　무더기 무더기
　한숨 쉬는 똥 무더기

눈물짓는 거름 무더기

도회 장바닥에

알몸으로 부려져

돈 되기를 기다리다

농사꾼들 체념으로 밟히며

눈물로 쌓여가네

천더기로 쌓여가네

— 「팔달시장에서」 부분

②비 내리면 몰래 똥을 퍼다 버리는

신천 사람들

천변 따라 서는

푸른 다리 고물시장엔

세상 삼킬 날 기다리며 녹이 자라고

녹슨 삶들이 목숨을 이어가지만

비 맞은 풀잎처럼 싱싱하게

죽었다가도 깨어나는 신천 사람들

그 풍경 속으로 나는 가고

내 노래는 지워진다

한 가닥 마른 바람 일면

집적장 TV 안테나 속으로

세계 도처에서 날아드는 문명의 소식

— 「신천」 부분

시정소설市井小說을 압축해 놓은 듯한 두 인용시는 소시민
들이 살아가는 일상의 풍경을 꾸밈없이 생동감 있게 표현

해 주고 있다. 우선 ①은 시골의 '농사꾼'이 대구 '팔달시장'에서 참외를 쌓아놓고 파는 노점 풍경을 스케치해 주고 있다. 온갖 물건과 사람들이 뒤엉켜 있고 여기저기 장꾼들의 소리가 시끌벅적하게 들리는 장터의 풍경이 영상처럼 눈에 떠오른다. 특히 노랗게 익은 참외가 '똥 무더기' 같이 쌓여 있는 장면과, 팔리지 않는 참외가 "한숨 쉬는 똥 무더기/ 눈물짓는 거름 무더기"로 표현된 것에서는 농민들의 시름까지 엿보인다. 땀 흘려 수확한 농산물이 시장에서 "돈 되기를 기다"렸지만, "체념으로 밟히며/ 눈물로 쌓여"가거나 "천더기"로 취급될 뿐이다. 이런 안타까운 정황은 "시골 사람 같은 감자알/ 도시 변두리 시장에 와서/ 몸 팔 곳을 찾고 있다"(「감자」)에서도 확인된다. 시인은 이처럼 서민들의 희로애락이 뒤섞인 시장의 풍경을 통해 민중들의 소박한 감정과 삶의 모습을 리얼리즘의 정신을 살려 생동감 있게 표현해주고 있다.

②의 시 역시 도시의 세태 풍경이 잘 묘사되어 있다. '신천新川'은 대구시의 남·북을 가로질러 금호강으로 흘러가는 하천이다. 이 신천 주변은 지금은 모두 깨끗이 정비가 되어 고급 아파트가 즐비해 있지만, 과거에는 오염이 심했고 가난한 서민들의 삶의 애환이 스민 곳이었다. 시에서 보듯 천변에는 "비 내리면 몰래 똥을 퍼다 버리는/ 신천 사람들"이 많았고, "천변 따라 서는/ 푸른 다리 고물시장엔 / 세상 삼킬 날 기다리며 녹이 자라고/ 녹슨 삶들이 목숨을 이어"가는 서민들로 북적댔다. 하지만 천변의 이 궁색한 서민들은 삶의 강한 의지를 보이기도 한다. 그들은 "비 맞은 풀잎처럼 싱싱하게/ 죽었다가도 깨어나는 신천 사람들"처럼 세

상의 모진 풍파에 쉽게 쓰러지지 않고 꿋꿋한 삶의 의지로 살아가고 있다. 가난 속에서도 "집적장 TV 안테나 속으로/ 세계 도처에서 날아드는 문명의 소식"을 들으며 신천 사람들은 삶에 대한 희망의 끈을 놓지 않고 있다. 이와 같이 서민들의 삶의 현장을 리얼하게 표현하면서 그들과의 정신적 일체감을 느끼려 한 시인의 건강한 현실 인식이 깊은 신뢰감을 준다.

민족과 민주주의라는 거대담론이 중심이 되어 직조된 박방희 시인의 이번 시집에는 우리 겨레의 주체성과 민주주의를 구현하려는 시인의 열망이 잘 나타나 있다. 암울했던 억압의 시대에도 시인은 건강한 리얼리즘 정신을 발휘하여 민족과 현실의 문제를 시로써 적극 언표하고자 했다. 젊은 한때 사회변혁운동에 참여한 바 있는 시인은 이 시집을 통해서 흑갈빛으로 인화印畵된 지난날의 풍경과 고뇌, 그리고 우울한 시대에 남몰래 흘리던 눈물을 꾸밈없이 보여주고 있다. 그의 이런 행위는 세상의 참된 변화를 도모하려는 양심의 발로로, 그리고 어둠의 시대에 빛을 향해 기록된 비망록으로 읽혀진다.

박방희

박방희 시인은 1946년 성주에서 태어났고, 1985년부터 무크지 《일꾼의 땅》, 《민의》, 《실천문학》 등에 시를 발표하며 등단. 시집 『불빛하나』, 『세상은 잘도 간다』, 『정신은 밝다』, 『복사꽃과 잠자다』, 『나무 다비』, 『사람꽃』, 『허공도 짚을 게 있다』, 『생활을 위하여』와 시조집 『너무 큰 의자』, 『붉은 장미』, 『시옷 씨 이야기』, 현대시조 100인선 『꽃에 집중하다』 외 『참새의 한자 공부』, 『참 좋은 풍경』, 『판다와 사자』 등 여러 권의 동시집이 있다. 방정환문학상, 우리나라좋은동시문학상, 한국아동문학상, (사)한국시조시인협회상(신인상), 금복문화상(문학부문), 유심작품상(시조부문) 등을 수상하였다.
박방희 시인의 『무궁화꽃이 피었습니다』라는 시집은 민족과 민주주의라는 거대담론의 물결 속에서 온몸으로 온몸으로 우리 한국인들의 주체성과 민주주의를 추구해왔던 젊은 시인의 열망이자 그 기록이라고 할 수가 있다. "무궁화꽃이 피었습니다/ 무궁화꽃이 피었습니다". 참으로 거룩하고 성스러울 정도로 슬픈 절규이자 그 노래라고 할 수가 있다.

이메일 : pbh0407@hanmail.net

박방희 시집

무궁화 꽃이 피었습니다

발   행   2021년 4월 23일
지 은 이   박방희
펴 낸 이   반송림
편집디자인   김지호
펴 낸 곳   도서출판 지혜 • 계간시전문지 애지
기획위원   반경환 이형권
주   소   34624 대전광역시 동구 태전로 57, 2층 도서출판 지혜 (삼성동)
전   화   042-625-1140
팩   스   042-627-1140
전자우편   ejisarang@hanmail.net
애지카페   cafe.daum.net/ejiliterature

ISBN : 979-11-5728-440-5 03810
값 9,000원